인생은 화살 같아요.

머뭇거리고 고민할 시간이 없습니다.

바빠서 고민할 시간이 없어야 합니다.

아파도 바쁘니까, 아픈 것을 좀 미루어 놓을 정도로

인생을 살아야 합니다.

그래야 이 세상을 신나게 살 수 있어요.

또 떠날 때 미련 없이 갈 수 있어요.

법륜스님의 즉문즉설
오늘의 마음날씨 소나기

1판 1쇄 2009. 7. 10
펴낸이 김정숙
펴낸곳 정토출판
지은이 법륜스님
편집 서예경, 김종희, 강혜연, 김희정, 이성민
디자인 조완철
그림 신희선
등록번호 제22-1008호
등록일자 1996. 5. 17
주소 서울시 서초구 서초3동 1585-16
전화 02-581-0330
인터넷 www.jungto.org
이메일 book@jungto.org
행복한 책방(쇼핑몰) shop.jungto.org

ISBN 978-89-85961-56-1 04810
        978-89-85961-55-4 (전6권)

오늘의 마음날씨 소나기

정토출판

차 례

바로 지금 행복해지는 법

즉문즉설은 법륜스님이 즉문즉설 법회에 참가한 대중들과 직접 고민과 답을 나누며 기뻐했던 현장의 소리들을 활자로 풀어 엮은 것입니다.

각자의 속 깊이 담아 두었던, 그래서 꺼내 놓기도 힘들었던 인생의 무게를 법회 현장에서 풀어 놓는 것은 그것만으로도 마음이 가벼워지는 감동을 줍니다. 또 질문한 사람뿐만 아니라 그 자리에 함께한 사람 자신의 삶도 돌아보게 해줍니다.

그러한 즉문즉설 법회의 생생한 '말'을 '글'로 엮으면서 더러는 정리되고 줄여지기도 하였습니다. 그래서 법륜스님의 말씀을 더욱더 생생하게 듣기를 원하는 독자들의 요청으로 오디오 북을 만들게 되었습니다. 더불어 스님의 답변 중 감동으로 전해지는 스무 편의 사례를 모아 책으로 엮었습니다.

여기에는 지면에 담을 수 없는 공간이 흐릅니다. 마음이 아프거나 답답하거나, 고통스러웠던 인생의 조각조각이 질문자의 입을 통해 전해지면 법륜스님은 때로는 웃으며, 때로는 호통치며, 때로는 따뜻하게 답하십니다. 그리하여 질문자의 마음 깊이 '내가 바로 지금 이곳에서 행복해지는 법'이 새겨집니다.

현장의 감동을 일부분이나마 함께하면 어느새 가벼워진 나를 발견할 수 있을 것입니다.

편집부

법륜스님이 들려 주는 즉문즉설

「오늘의 마음날씨」

들끓었던 마음 식히면 청명한 마음

나도 한 번쯤은 고민해 보았던 삶의 문제,
풀리지 않아 담아 두기만 했던 질문들이 여기에 있습니다.
다음은 두 장의 CD에 담긴 우리들의 인생 고민입니다.

01 7살짜리 딸아이가 승부욕이 강합니다. 1등을 못할 것 같으면 중간에 포기합니다. 그런 딸아이를 보면 제 마음이 불편합니다.

02 저 자신이 너무 어린아이 같아요. 이제 어른이 되었는데 어떻게 하면 좋을까요?

03 저는 식당을 운영하고 있습니다. 저는 바쁜 일상 중에도 정진하고 싶은데 좋은 방법이 없을까요?

04 백일기도 입재를 했는데 저한테 지금 제일 큰 문제가 108배하는 거예요. 왠지 길들여지는 기분이라 하기가 싫어 그냥 안 하고 싶은데, 안 하면 안 된다고 해서 마음이 불편합니다.

05 제가 두려움이 많고 눈치를 보는 것 때문에 예전에 스님께 질문을 했는데, 스님께서 남편에게 싫은 소리를 먼저 하라고 해서 지난주에 남편에게 했어요. 남편이 처음에는 들어 주는 것 같더니만 제가 문제라는 얘기로 결론이 났어요. 남편은 굉장히 논리적이기 때문에 항상 끝은 제가 잘못한 것으로 되어 버리거든요.

06 저는 어릴 때부터 칭찬을 받고 자란 편이에요. 언짢은 말들을 들었을 때는 소화를 시키는데 굉장히 제가 애를 먹습니다.

07 제가 인생을 살다가 어떤 한 순간에 정말 감내하기 힘든 고통의 순간이 찾아왔을 때 어떻게 극복해야 할까요?

08 어느 날 아내가 동창회에 나가면서 늦게 귀가하는 일이 많아지니 부부간에 갈등이 깊어지면서 싸움을 자주 했습니다. 그러다 심한 말다툼 끝에 이혼까지 하게 됐습니다. 솔직히 재결합을 하려고 해도 엄두가 나지 않고 안 하려고 해도 부모와 자식들이 걸립니다.

01 저희 큰애가 대학 4학년이고 지금 취업을 앞두고 있는데 대화하기가 매우 어렵습니다. 자기는 깊은 생각이 있는 것 같지만 부모로서 걱정되는 바도 있어서 어떤 공부를 하고 있고, 어떤 친구들과 어울려 지내며 진로 문제는 어떻게 생각하는지 물어 보려고 하는데 굉장히 예민해 하면서 깊은 대화를 하려 하지 않고 피하려고만 합니다.

02 어느 날 집에 가는 길에 청소년 두 명이 다리 밑에서 떨고 있는 것을 보고 집에 데리고 가서 재웠습니다. 그 다음날 또 찾아와서 재워 달라 하기에 제가 재워 주면서 아직 아르바이트를 할 나이도 안 되니까 집으로 돌아가라고 얘기했습니다. 그런데 다음날 또 와서 제가 문을 잠그고 안 열어 주었습니다.

03 저는 고등학생인데 형제도 없이 외동으로 지내서인지 늘 마음이 공허하고 외롭습니다. 지금 아빠랑 살고 있는데 아빠하고도 사이가 좋지 않아, 얘기하기 싫어서 방안에 혼자 있을 때가 많은데 너무 외롭고 집중도 안 됩니다.

04 열세 살 짜리 아들이 불안과 두려움이 많아 남의 비위만 맞춰 주고 자기 주장을 못하고 지내다가 작년부터는 폭력도 가끔 쓰고, 저한테도 심하게 하고, 올해는 집안에서 꼼짝을 안 합니다. 학교도 안 가고 집에서 컴퓨터만 끼고 앉아 있습니다. 아이가 무섭기도 하고 어떻게 해야 할지 모르겠어서 전전긍긍하고 있습니다.

흔들리는 마음 알아차리기

바람에 나뭇잎처럼 흔들리는 게 마음이에요.

그런데 마음이 흔들리지 않아야 한다고 생각하기 때문에

힘이 듭니다.

'마음이라는 것은 흔들리는 것이고, 그것이 본래 마음의 성질이다.'

이 원리를 깨닫고, 마음이 흔들릴 때마다

'마음이 이렇게 흔들리는구나!'

알아차리면

오히려 내 행동은 흔들리지 않을 수가 있어요.

'이 사람이 이렇게 말해서 흔들리고

저 사람이 저렇게 말해서 흔들리는구나.'

이걸 내가 보고 있는 것이지요.

구경하세요, 마치 영화 보듯이

예쁜 여자를 보고 마음이 동하면
'아, 마음이 동하는구나.'
술집 앞을 지나며 마음이 흔들리면
'아, 마음이 흔들리는구나.'
이렇게 알아차리면 됩니다.

그런데 예쁜 여자를 보고 마음이 끌릴 때
끌리는 줄을 내가 모릅니다.
술집 앞을 지나다가 마음이 동하는데
술에 끌리는 줄을 내가 모릅니다.

그러니까 지금부터는 이걸 바꾸려 하지 말고
먼저 알아차림을 시도해 보세요.
행동이 시작되기 전에 먼저 알아차리고
알아차렸으면 끌려가지 말고
'잘한다, 재밌다!' 이렇게 구경하세요.
마치 영화 보듯이 말이에요.

먼저 이것부터 하면
결과적으로 내 삶은
경계에 구애받지 않게 됩니다.

진짜 수행과 진짜 해탈

어느 보살님께 "가장 큰 괴로움이 무엇입니까?" 물으니
"이렇게 살아서는 안 된다는 생각이 들 때 괴롭습니다.
나이가 벌써 50인데 부지런히 수행하지 못하고
하루하루를 허송세월하고 있다고 생각하니 한탄스럽습니다."
이렇게 대답하셨습니다.

그래서 되물었습니다.
"이렇게 사는 것은 어떤 것이며,
이렇게 살지 않는 것은 또 무엇입니까?"
"이렇게 사는 것은 돈 벌며 세상살이하는 것이고,
이렇게 살지 않는 것은 수행하지 않는 것입니다."

"보살님은 무엇 때문에 수행하십니까?"
"해탈하려고요."
"해탈이 무엇입니까?"
"괴로움에서 벗어나는 것입니다."

이 대화 속에서 우리들은 곧 모순을 발견해 낼 수 있습니다.

괴로움에서 벗어나기 위한 수행을

제대로 하지 못하기 때문에 괴롭다면

이는 곧 괴로움에서 벗어나려는 마음이 괴로움이 된다는 얘기이지요.

괴로움을 없애기 위해서 또 하나의 큰 괴로움을 만드는 꼴인데

그 보살님은 자신의 말 속에 담긴 모순을 알지 못하고 있어요.

이때의 수행은 수행이라는 이름이 붙여진 수행이며,

이때의 해탈은 해탈이라는 이름이 붙여진 해탈이지

진짜 수행과 진짜 해탈과는

아무런 상관도 없는 것입니다.

인생의 주인으로 사세요

부처님의 가르침이 옳다고 믿는다면
그것을 생활 속에서 실천하십시오.
생활 속 수행의 주체는 바로 자신임을 깨달아
가족, 친구, 직장동료 들과의 관계 속에서
언제나 중심을 잃지 않고 주인으로 살아가야 합니다.

옷을 입을 때는 옷걸이로 전락하지 말아야 하고
돈을 벌더라도 돈의 노예가 되어서는 안 됩니다.

인간관계에서 갈등과 분쟁이 일어나는 근본 원인은
서로에 대한 소유관념이나 집착 때문입니다.
부부관계에서도 '내 남편', '내 아내' 라는 울타리를 쳐놓고
상대가 그 울타리 안에만 있기를 바라니
싸우는 것은 필연적일 수밖에 없습니다.

서로를 자유인으로서 존중하고 예의를 갖추면

우리가 느끼는 갈등의 상당 부분은 사라집니다.

매달리는 마음은 주체를 상실한 데서 일어납니다.

원망하는 마음이나 질투심은 종속적인 삶에서 비롯되는 것입니다.

주체적인 사람은 질투심을 일으키지 않습니다.

깨어 있는 것

수행이란 현재에 깨어 있는 것입니다.

손님이 왔을 때는

아주 반갑게 "어서 오세요." 하면서

맞이하는 데 깨어 있어야 하는 거예요.

다른 데 쳐다보고 손님이 오는지 가는지도 모르는 것은

깨어 있는 게 아니에요.

음식을 만들 때는 정성들여 만드는 데 깨어 있어야 합니다.

음식을 차려서 손님에게 갖다 줄 때도

음식을 갖다 주는 상태에 깨어 있어야 해요.

자기 자신의 일거수일투족에 깨어 있는 것,

바로 그것이 정진입니다.

장사를 하면 장사하는 그 순간순간에 깨어 있는 것이 정진이며

동시에 그것이 사업을 잘하는 것이지요.

정진하는 것하고

사업하는 게 별개가 아니에요.

그저 관세음보살을 부르고, 지장보살을 부르고

신묘장구대다라니를 외는 것만

수행이 아닙니다.

대장부

밖으로 천만의 대군을 이기는 것보다

자기가 자기를 이기는 게 더 어렵습니다.

자기가 자기를 이기는 사람이 진짜 장부예요.

그래서 부처님을 '대웅(大雄)'

즉, 큰 영웅이라고 합니다.

자기가 자기를 이기는 연습을 해 봐야 합니다.

여러 가지 방법이 있겠지만 그 가운데

절하는 걸 과제로 해 보세요.

절하기 싫어하는 내 마음을 지켜보며

자기를 이기는 수단으로 삼아 보세요.

딱 정해서

오늘부터 해 보세요.

세상이 내 것이 되는 법칙

우리는 사랑스런 아내, 남편, 부모, 자식이 있어서
즐겁고 행복하다고 생각합니다.
그래서 결혼도 하고 자식도 낳으며 살아갑니다.

그러나 부처님께서는 괴로움의 울타리에서 벗어나려면
'내 아내다, 내 자식이다, 내 부모다' 하는 생각에서
떠날 수 있어야 한다고 하셨습니다.

뜨겁게 달구어진 쇠공을 뜨거운 줄 모르고 쥐었어도
뜨거우면 바로 놓아야 합니다.
그러나 우리는 공을 갖고 싶은 마음과 뜨겁지 않기를 바라는 마음,
이 두 마음을 다 가지고 뜨거운 공을 계속 들고 있습니다.
공에 대한 집착 때문에 다른 손으로 옮겨 보지만
시간이 지나면 곧 옮겨진 손이 뜨거워집니다.

부처님의 가피력으로 고통에서 벗어났다고 생각하는 순간,

또 다른 괴로움의 출발입니다.

시간이 경과하면 그 괴로움이 더 크게 다가옵니다.

그럼 또 기도하러 찾아가지요.

진정한 기도는 욕망의 불덩어리를 내려놓는 것입니다.

그러면 무릎 아프게 절을 할 필요도 없고

도인을 친견할 필요도 없고

그 누구의 도움도 필요 없이 세상이 내 것이 됩니다.

물이 높은 데서 낮은 데로 흐르는 것처럼

내 마음 씀씀이에 따라

내 고통과 행복이 결정됩니다.

이 법칙이 인과법입니다.

불덩어리를 탁 놓은 사람에게는

인과도 없고, 모든 법칙이 끊어져 버립니다.

뒤바뀐 생각에서 벗어나려면

스승이 어느 지점을 파면 물이 나온다고 일러 주면
제자라면 응당 삽을 가져와서 파야 합니다.
그러나 공부가 안 된 중생은 땅을 파려고 생각하기보다
"여기 파면 나옵니까, 저기 파면 나옵니까?"
물으러 다니기만 하느라 바쁩니다.

스승에 대한 믿음이 없는 상태에서는 자꾸 묻게만 됩니다.
스승의 말씀을 따른다 해도
이내 회의가 오고 의심이 생겨 중지하게 되거나
여기저기 구덩이만 파느라 수고할 뿐입니다.

물이 나온다는 스승의 말을 그대로 믿는다면
바로 땅을 파기 시작해서 물이 나올 때까지
파 내려가는 자세가 필요합니다.

우리들은 부처님을 생명과 같은 분이라고 생각하면서도
어려움이나 난관에 부딪히면
부처님의 가르침 속에서 답을 찾는 것이 아니라
무당이나 점쟁이를 찾아가고 그들의 말을 더 믿습니다.

그런 사람의 말을 믿고 안 믿는 것을 문제 삼는 것이 아니라
스스로 앞뒤가 맞지 않는 생각을 하고 있는 줄
모르고 있다는 것을 얘기하는 거예요.
뒤바뀐 생각에 빠진 채 삶을 살면서도
알아차리지 못하고 하루하루를 보내고 있어요.

진실로 원하면 성취되리라

자신이 원한다고 생각하는 것과

진정으로 원하는 것 사이에는

커다란 차이가 있음을 알아야 합니다.

내가 착한 사람이라고 생각한다고 해서

남들도 나를 착하게 여긴다고 할 수 없는 것처럼 말이에요.

우리들이 진정으로 원하지 않고, 뒤로 물러서는 마음을 내니까

원이 이루어지지 않을 뿐입니다.

부처님은 아니 계신 곳이 없고 영험은 비처럼 항상 내리고 있지만

다만 우리들 자신이 받을 준비가 되어 있지 않아서

받지 못하고 있을 뿐임을 알아야 합니다.

바가지를 뒤집어 들고는 비를 받으려 하니

어찌 보배의 비를 받을 수 있겠습니까.

비는 동해에도 내리고 서해에도 내리지만

엎어진 바가지에는 한 방울의 물도 담아지지 않습니다.

바가지에 비가 담기지 않는다고
스승을 탓하고 세상을 탓할 것이 아니라
자신의 바가지를 바로 들려는 노력을 해야 합니다.
엎어진 바가지를 들고 이곳저곳 아무리 찾아다녀 봐야
자기 몸만 수고로울 뿐이지요.

비록 한 곳에 있어도
자기 마음바가지를 바로 들려는 노력 속에서만
즉, 마음 한 번 돌이키는 각성 속에서만
원하는 바가 이루어질 것입니다.

따라 배우기

내가 아이에게 무엇을 하자고 했을 때
아이가 거절하면 섭섭한 것처럼
아이가 나에게 도움을 요청하거나 대화를 하자고 했을 때
거절하면 아이도 마찬가지로 섭섭합니다.

이미 아이는 상처를 많이 받았어요.
그것을 헤아려서 아이가 나에게 뭔가 도움을 요청할 때는
내 마음에 안 들더라도
"그래, 그렇게 생각할 수도 있구나.
아빠 생각은 좀 다르니까 한번 생각해 보자."
이렇게 말해 보세요.
거절을 하더라도 좀 부드럽게 말할 수 있어야 해요.

내가 먼저 해야 합니다.
그래야 자연스럽게 아이가 대화를 하게 됩니다.
그렇지만 지금은 이미 아이에게 상처가 되어 있기 때문에

내가 부드럽게 한다 하더라도 과거의 상처가 깊어서

현재의 나의 태도와 관계없이

아이가 무조건 거부하는 경우가 있어요.

그럴 때는 내가 참회기도를 해야 합니다.

'제가 지금까지 살아오면서 아이의 마음을 이해하지 못했습니다.'

이렇게 자꾸 참회기도를 하게 되면 내 까르마가 서서히 녹게 됩니다.

지금 아버지는 아이가 나와 모든 일을 상의하기를 바라고 있어요.

실제로 그렇게 되려면 내 생활 습관이 그렇게 되어야 해요.

아이가 아주 어릴 때부터

부부간에 늘 상의하고, 부모와 자식이 상의하는 가정문화가 있어야

아이도 그렇게 보고 배워서 합니다.

나는 그렇게 하지 않았으면서 너는 그래야 한다고 하는 것은

절대로 가능하지 않습니다.

왜냐하면 아이의 특징은

'따라 배우기' 이기 때문이에요.

그대로 따라서 합니다.

사랑하는 마음, 미워하는 마음

진정한 사랑은 이해를 동반해서 이루어진다고
부처님께서 말씀하셨습니다.

오늘, 우리들의 사랑은 어떻습니까?
우리들의 사랑은 상대에 대한 이해를 기반으로 하는 것이 아니라
소유욕, 탐욕, 아집, 이런 것으로 똘똘 뭉쳐진 사랑입니다.
그렇기 때문에 사랑하는 사람에 대한 사랑이
미움으로, 슬픔으로 바뀌어 버립니다.
사랑하는 남편이나 아내가 자기 마음에 들지 않으면
미워하는 마음으로 바뀝니다.

왜 사랑이 미움이나 슬픔으로 바뀔까요?
그것은 대상에 대한 이해와 열린 마음으로 사랑하지 않고
대상을 자기 것으로 소유하고, 자기 마음대로 하려는 아집 때문에
사랑이 고통이 되어서 그렇습니다.

우리는 이것을
다시 한번 깊이 생각해 보아야 합니다.

가까이 있는 아내나 남편, 또는 자식에 대해서
진정으로 그를 이해하고 사랑하는 마음을 내고 있는지
아니면 자기의 소유욕이나 자기의 견해에 대한 고집을
사랑이라고 포장한 것은 아닌지
깊이 돌아보아야 합니다.

아이의 인생에 관여하지 마세요

아이가 열여덟 살이 넘었으면
독립된 인생을 살도록 놔둬야 합니다.
어떤 일을 하든
그것은 아이의 인생이에요.

다섯 가지의 어긋나는 일이 아닌 한
관여하지 마세요.

사람을 죽이거나 때리는 일,
남의 물건을 뺏거나 훔치는 일,
성폭행을 하거나 성추행을 하는 일,
거짓말을 하거나 욕설을 하는 일,
술을 먹고 취해서 헤매거나 마약에 중독되는 일.

이런 경우가 아니면
간섭하지 말아야 합니다.
어른으로 예우하고 존중해 줘야 해요.

실패를 하든 성공을 하든
그것은 그의 인생입니다.
여러 가지 시행착오를 거듭하면서
오류를 깨달을 수 있는 기회를 줘야 해요.

정진

아이가 계속 컴퓨터 앞에 앉아 있는 것을 보면
싫은 마음부터 나지요.
그걸 참으면서 "아들아, 애기 좀 하자."고 하면
대화가 안 됩니다.

먼저 자기 눈을 떠야 합니다.
눈이 뜨이면 아이의 맘이 읽혀져요.
지금 눈을 감고 있는 것이나 마찬가지여서 안 보이는 거예요.
자기 정진을 하면 저절로 대화가 됩니다.
대화하려고 애를 쓰지 않아도 대화가 됩니다.

진정한 대화를 원한다면 기도를 해 보세요.
집에서 매일 108배를 하면서
'제가 아이의 마음을 몰랐습니다. 아이의 마음을 이해하겠습니다.'
이렇게 정진을 하는 것입니다.

그러면 컴퓨터를 하고 있는 아이가 보기 싫지 않게 됩니다.

그래야 대화를 하자는 말을 하면 금방 아이가 응하게 되고

설령 응하지 않아도 본인이 아무렇지 않아요.

우리는 이미 일어나는 감정을 억누르면서 이야기를 합니다.

그래서 늘 처음에는 좋은 마음으로 시작했다가

그 좋은 마음이 오히려 화근이 되어

나중에는 갈등이 되는 경우가 많은 거예요.

습관 바꾸기

밥을 많이 먹어도 살찌지 않는 방법이 있을까요?
없습니다.

살찌는 게 싫으면 밥을 적게 먹으면 되는데
사람들은 밥은 많이 먹으면서 살이 안 쪘으면 하고 원합니다.
그러려면 운동을 해야 하는데 운동은 힘들고 귀찮아서 못하고
밥을 안 먹으려니까 도저히 습관 때문에 안 되는 상황이지요.

이건 이러해서 문제고 저건 저러해서 문제입니다.
이런 시각을 과감하게 벗어야 합니다.
다섯 시에 일어나 기도하기로 했으면
하늘이 두 쪽 나도 일어나서 해야 합니다.
하고 싶은 날도 하고 하기 싫은 날도 해야 합니다.

하기로 한 건 그냥 해야 합니다.
그래야 습관이 바뀝니다.

은혜를 아는 기도

기도를 할 때는 항상
부모님께 감사하는 기도를 해야 합니다.
부모님께 불만을 가지면 안 됩니다.

내가 부모님을 미워하거나 원망하면
그것은 엄마 아빠의 문제가 아니고
내 자신에 대한 긍지가 없어지니 내 문제가 됩니다.
내 부모가 나쁜 엄마고 나쁜 아빠라면
나는 나쁜 사람들의 자식이니까
별 볼일 없는 사람이 돼 버리는 거예요.

그러니 엄마 아빠에 대해서는 늘 좋게 생각해야 합니다.
'우리 부모님은 참 훌륭하신 분들이다.
어려운 가운데서도
나를 이만큼이라도 키워 주셨으니 감사한 일이다.'
이렇게 은혜를 아는 기도를 해야 합니다.

똥 누러 갈 때 똥 누고

인생은 화살 같아요.

머뭇거리고 고민할 시간이 없습니다.

바빠서 고민할 시간이 없어야 합니다.

아파도 아픈 것을 좀 미루어 놓을 정도로

바쁘게 인생을 살아야 합니다.

그래야 이 세상을 신나게 살 수 있어요.

또 떠날 때 미련 없이 갈 수 있어요.

매일 괴로워하며 살기 싫다고 하다가

숨이 끊어지면 미련 때문에 세상을 떠나지 못합니다.

똥 누러 갈 때 똥 누고

밥 먹으러 갈 때 밥 먹어야 하는데

똥 누러 가서는 밥 생각하고

밥 먹으러 가서는 똥 생각하며 사는 것과 똑같다는 얘기입니다.

더 이상 인생을 이런 식으로 살아서는 안 됩니다.

업연을 잘 알아서

그에 대한 책임을 지려는 태도가 필요합니다.

이럴 때 수행이 필요한 것입니다.

아무리 바빠도 하루 일과 중에 꼭 기도 시간을 가져 보세요.

그러면 이 세상 겁낼 일이 없어집니다.

더 이상 우리는 중생이 아닙니다.

일체 중생은 겉모습은 중생이지만 본래 부처입니다.

부처가 매일 걱정이나 하고 살아서는 안 되겠지요.

'나는 부처다, 나는 보살이다,

절대 일그러진 모습으로는 살지 않겠다.'

이렇게 원을 세워야 합니다.

까르마의 소멸

불교는 어떤 사람이든지 부처가 될 수 있다고 가르칩니다.
어떤 까르마를 가졌든 말이지요.

이 '까르마' 라는 것은
전생에 정해진 것도 아니고
사주팔자로 정해지는 것도 아니고
신이 정하는 것도 아니고
다만 형성되는 것입니다.

형성되는 것이라면 소멸시킬 수도 있는 것이지요.
그래서 내 까르마로부터 자유로워지면
내 인생의 주인이 될 수 있습니다.
이것이 부처님의 가르침입니다.
그렇기 때문에 우리는 어떤 경우에도
이 가르침에 대한 믿음을 가져야 합니다.

생각으로부터 자유로워야

인생길을 먼저 정해야 합니다.

지금까지 공무원이 되는 게 꿈이었다고 해서

계속 공무원이 되어야 한다고 생각할 필요는 없어요.

생각으로부터 자유로워야 합니다.

엄마로부터 자유로워야 하고

아빠로부터 자유로워야 하고

종교로부터 자유로워야 합니다.

아빠를 미워하면 내가 아빠로부터 자유를 얻지 못하고

늘 아빠에 매여 살아야 합니다.

엄마를 불쌍하게 생각하면

늘 엄마에 매여 살게 됩니다.

그렇게 끊임없이 속박 받으면서 죽을 때까지 살아야 해요.

그래서 그 업대로 또 흘러갑니다.

그러니까 여기서부터 자유로워야 합니다.

지금 어떻게 할 것인가!

과거는 이미 지나가 버린 것이에요.
그러니 어떤 것이든
지금 어떻게 할 것인가가 중요합니다.

부처님 교단에는 수많은 사람을 죽인 살인자도 있었고
천민 출신도 있었고, 왕족 출신도 있었고
바라문 출신도 있었고
다른 종교의 지도자도 있었습니다.

그러나 이 법 안에 들어온 사람들은
모두 과거를 버렸습니다.
지금 어떻게 할 것인가!
이것만이 수행자에게 있어 가장 중요한 문제입니다.
이것은 과거를 부정하는 것도 아니며
무조건 긍정하는 것도 아닙니다.

과거는 이미 지나간 것입니다.

오늘 새롭게 태어나기 위해서는

과거에 대해서 감사할 줄 알아야 합니다.

한편 과거를 버릴 줄도 알아야 합니다.

지금 우리들이 여기서 어떻게 나아갈 것인가!

오직 이것만이 우리들에게 주어진 현실이며

여기서부터 우리들의 미래가 시작됩니다.

즉문즉설에 대하여

무엇이든 물어라!

부처님은 깨달음을 얻고 난 후 45년 동안 하루도 쉬지 않고 깨달음의 내용인 법(Dharma)을 전했습니다. 비가 많이 내리는 우기에는 약 3개월 동안 한 곳에 머물러 정진하는 안거(安居)를 했습니다. 그 외의 시간에는 한 곳에 오래 머물지 않고 마을에서 마을로, 도시에서 도시로 이동하면서 사람을 만나고 법을 전했습니다.

부처님이 제자들과 함께 어느 마을에 도착하면 마을 어귀의 망고나무 숲이나 보리수 아래에서 선정에 듭니다. 부처님이 오셨다는 소문을 듣고 망고나무 숲의 주인은 부처님을 찾아와 꽃으로 공양 올리며 환영과 감사의 인사를 합니다. 그리고 그 주인이 마을사람들을 위해 깨달음의 법문을 요청하면 부처님은 진리의 말씀을 전해 줍니다. 그 법문을 듣고 감동한 사람들 가운데 어떤 이는 부처님과 부처님의 제자들에게 식사를 대접하고자 자기 집으로 초대합니다.

부처님은 침묵으로 승낙하고, 이튿날 아침에 그 집으로 가서 공양을 받습니다. 공양을 마치고 나면 공양을 올린 이는 가족들과 함께 부처님께 질문을 하거나 하소연을 합니다. 또 그 모습을 보거나 내용을 듣고 의문이 있어 질문하는 제자가 있습니다. 이때 부처님께서는 자상하게 답을 해줍니다.

식사 초대가 없는 날은 마을로 들어가 차례대로 일곱 집을 찾아가서 밥을 얻습니다. 일곱 집을 모두 가지 않았는데 음식이 충분히 얻어지면 그냥 돌아옵니다. 일곱 집을 다 갔는데도 음식을 얻지 못하거나 부족해도 그냥 돌아옵니다. 일곱 집 이상은 가지 않았습니다. 그리고 원래 머물던 마을 어귀의 망고나무 숲으로 돌아와 대중들과 둘러앉아 공양을 합니다. 이때 많이 얻어온 사람은 적게 얻어온 사람과 나누어 먹습니다. 또 아파서 얻으러 가지 못한 사람에게도 나누어 줍니다.

공양이 끝나면 둘러앉아서 제자들이 부처님께 질문을 합니다. 수행을 하는 과정에서 생기는 많은 문제들을 부처님께 여쭙게 됩니다. 이러한 제자들의 질문과 부처님의 답변을 모아 놓은 것이 경전입니다. 그렇기 때문에 경전의 내용을 보면 매우 사실적입니다. 그런데 후대로 내려가면서 부처님의 숨결과 대중들의 현실적인 어려움이 배어 있는 이야기들은 점점 없어지고, 학자들이 정리한 사상과 이념만 남아 있거나 복을 구하는 이야기로 바뀌게 됩니다. 그래서 경전을 읽으면 현실감이 없는 공허한 소리로 들리거나, 너무 어려운 소리로 들리는 겁니다. 이렇게 '경전이 너무 어렵다, 복잡하다, 현실감이 없다'는 비판을 받게 되는 이유는 부처님과 대중들의 살아 있는 숨결이 빠졌기 때문입니다.

오늘 우리는 그 부처님의 숨결을 느끼고자 합니다. 우리들도 지금 각자의 사는 이야기를 구체적으로 해야 합니다. 그리고 편안하게 이야기해야 합니다. 부처님은 육신의 기력이 다하여 열반에 드시는 순간까지도 제자들의 의문을 해소해 주려고 이렇게 말씀하셨습니다.

"수행자들이여,

의심이 있거든 마땅히 지금 물어라.

이때를 놓치면 뒷날 후회하게 된다.

내가 살아 있는 동안 그대들을 위해 대답하리라."

육신의 고통으로 힘이 들어도 제자들에게 의혹이 있으면 물으라고 재촉하셨습니다. 그러나 제자들은 부처님이 떠나신다는 큰 슬픔 앞에서 아무도 입을 열지 못했습니다. 그러한 마음을 알고 부처님이 다시 말씀하셨습니다.

"수행자들이여,

그대들이 나를 우러러보기 때문에 묻지 못한다면

그것은 옳지 않다.

마땅히 벗이 벗에게 물어보듯이 어려워하지 말고

편안한 마음으로 물어라.

이때를 놓쳐 후일에 후회하지 않도록 하라."

여러분들도 오늘 이 자리에서 인생의 고뇌가 있고 질문이 있다면, 그냥 친구에게 고민을 털어놓듯이 편안하게 이야기하십시오. 즉문즉설(卽問卽說) 법회란 누군가가 질문을 하면 법사가 그 상황에 맞게 적절한 답을 하는 대기설법(對機說法)의 전통을 따르는 것입니다. 법회에 들어가기 전에 즉문즉설 법회의 전통과 그 내용, 그리고 일반 법회와 다른 점이 무엇인지 개략적인 설명을 한 후 이 법회를 같이 만들어 가려고 합니다.

대기설법의 전통

예를 들어, 서울 가는 길을 물었을 때, 인천 사람이 물으면 '동쪽으로 가라' 하고, 수원 사람에게는 '북쪽으로 가라' 하고, 춘천 사람에게는 '서쪽으로 가라' 합니다. 누가 길을 묻든 서울 가는 길을 일러 줍니다. 그러나 서울 가는 방향은 묻는 사람의 위치에 따라 다릅니다. 이때 '동쪽이다, 서쪽이다, 북쪽이다' 하는 것을 방편이라 하고, 이렇게 말하는 것을 방편설 또는 대기설법이라 합니다. 방편이란 조건이나 상황에 따른 가장 바른 길, 최선의 길이란 뜻입니다. 이처럼 전통적인 부처님의 가르침은 사람들이 물은 것에 대해 말씀하시는 대기설법이었고, 초기 경전인 「아함경」은 그 대기설법의 내용을 기록한 것입니다.

질문의 주제

그러면 대중의 질문은 어떤 내용일까요? 그 주제에는 제한이 없습니다. 사람들의 괴로움은 자기의 조건과 처지에 따라 다 다릅니다. 남이 볼 때는 별 문제 아닌 것이 자신에게는 가장 큰 일이고 큰 문제일 수 있습니다. 언젠가 중·고등학교 선생님들이 모여 청소년 상담소를 열었는데, 학생들이 전화해서 성(性)에 대해 자꾸 물으니까 장난한다고 화를 내며 꾸중을 했다고 합니다. 학생들에게 이 문제는 장난이 아닙니다. 선생님들은 '아이들은 인생에 대해 진지하게 고민하는 것이 바람직하다. 학교교육이 이런 고민을 해결해 주지 못하고 있으니 뭐든지 도움을 줘야겠다.' 이런 생각에, 학생들이 '인생에 대한 진지한 고민'만 할 거라고 생각한 것이지요. 그러나 학생들은 인생에 대한 고민도 물론 하지만, 대부분은 자신의 신체적 변화나 성적 욕망 때문에 당황하고 괴로워합니다. 그것이 학생들에게는 중요한 문제이기 때문에 고심하다가 묻게 되는 겁니다.

인간의 고뇌에는 좋고 나쁜 것이 없습니다. 불교에 대해 알고 싶은 것만 해도, 절하는 방법에 대해 알고 싶은 사람, 탱화에 대해 알고 싶은 사람, 또 교리에 대해 알고 싶은 사람, 불교의 사회적 참여나 환경 실천에 대해 알고 싶은 사람, 양자역학과 불교의 관계나 전통 사상과 불교의 관계에 대해 알고 싶은 사람들이 있습니다. 또 연애하다 실패했거나 세상살이에 짜증나서 사는 게 괴로운 사람, 뭔지는 모르지만 사는 게 슬퍼서 힘들어하는 사람도 있습니다.

사람마다 고뇌가 다를 뿐이지, 고뇌에 좋고 나쁨이나 수준의 높고 낮음이 있는 게 아닙니다. 그렇기 때문에 자신이 처한 환경과 조건 속에서 고뇌하는 것을 내놓고 질문하면 되는 것입니다.

대중이 주인으로 참여하는 장

대기설법은 법사와 질문자가 함께 만들어 가는 법회입니다. 질문 내용에 따라 법회의 주제가 달라집니다. 그래서 대중이 주인으로 참여하는 것입니다. 과학과 관련된 질문이면 과학 교실이 되었다가, 생활에서 괴로운 얘기가 나오면 인생상담 교실이 되기도 하고, 교리와 연관된 질문이면 철학 교실이 되기도 합니다. 또 역사와 관련된 질문이면 역사 교실이 되고, 절의 운영에 대해 묻다 보면 경영 교실이 되기도 합니다. 대중들이 적극적으로 참여할 때 활기찬 법회도 가능합니다.

신뢰의 장

즉문즉설의 대기설법 법회에서는 법사의 대답이 질문에 따라 다양하게 나올 수 있습니다. 질문자가 장황하고 길게 열심히 질문하였지만 법사가 아무 말 안 할 수도 있고, 그냥 웃을 수도 있습니다. 그래도 그것이 대답이라는 것을 받아들여야 합니다. 대답을 안 하는 것은 질문자가 대답을 듣기보다는 자기 이야기를 하소연하고 싶을 때가 있는데, 그때는 그 사람의 이야기를 들어 주기만 하면 되기 때문입니다. 특별히 대답할 필요가 없는 질문일 때도 있고, 반대로 법사가 공격적으로 되물을 때도 있습니다. 질문자는 법사의 되묻는 질문도 대답의 한 방법으로 받아들여야 합니다. 이처럼 법회에서 대답을 하든지 안 하든지, 대답이 어떤 방식을 취하든지 대중은 '대답의 한 방법'으로 받아들이며 법사를 신뢰하는 마음이 있어야 합니다.

그리고 질문자는 자기가 원하는 대답을 듣겠다는 생각을 버려야 합니다. 자기가 원하는 대답을 듣겠다고 한다면 굳이 질문할 필요가 없기 때문입니다. 몰라서 물었다면 자기가 원하는 대답은 없을 것이라는 것을 알아야 합니다.

질문자와 청취자의 태도

질문자가 잘난 체하려는 경향이 있으면 이 법회는 경직되기 쉽습니다. 그러면 질문이 잘 안 나옵니다. ‘질문을 잘해야 하는데……’, ‘저런 걸 질문이라고 하나’, ‘질문하려면 적어도 이런 걸 해야지’ 하는 생각을 하거나, ‘이런 질문을 하면 사람들이 날 보고 뭐라고 할까’ 하는 생각을 하거나, 칭찬 받으려는 심리가 작용하면 질문이 잘 안 되고, 문답을 하다가 논쟁으로 흐르기 쉽고, 또 질문하고 나서 ‘사람들 보는 앞에서 창피만 당했다. 괜히 했다’ 하고 후회하게 됩니다. 그러니까 그런 생각을 내려놓고 질문해야 합니다.

또 이 법회를 만들어 가면서 주의할 점은 이 자리에서 있었던 얘기는 이 자리에서 끝내야 합니다. 남편 있는 여자가 애인이 생겨 그것 때문에 괴로워서 질문을 했는데, 법회를 끝내고 나가면서 ‘그 여자, 그럴 줄 몰랐다’는 식으로 비난하거나, 법사가 대답으로 거친 표현을 했을 때 ‘스님이 어떻게 그런 심한 말을 할 수가 있어!’ 하고 마음에 담아 두어서는 안 된다는 것입니다.

질문은 어떤 것이든 자기 고민을 해결하고 행복한 삶을 얻기 위해 하는 것이고, 그런 번뇌는 ‘옳다 그르다, 정당하다 비난받아야 한다’고 따질 수 없기 때문입니다. 그리고 대답은 법사의 입장에서 가장 효과적인 것을 선택한 것입니다. 예를 들어 큰 소리로 거친 표현을 쓴다면 그것이 그 상황에서 질문자에게 가장 효과적인 방법이라 판단해서 그렇게 하는 것입니다. 그래서 그걸로 끝나야 합니다. 그렇지 않으면

남에게 보이기 위한 질문과 겉만 번드르르한 응답을 하는 분위기로 변해 구체적인 삶의 문제를 단도직입적으로 애기할 수 없게 됩니다.

이렇게 진행하다 보면 법회가 난장판이 될 수도 있습니다. 괴팍한 사람들이 와서 행패를 부리거나, 시비를 거는 경우 등 여러 형태로 전개될 수 있습니다. 그 가운데 가장 못한 경우가 여러분이 질문을 하지 않는 것인데, 우리는 그런 경우까지도 인정해야 합니다.

살아 있다는 것이 행복입니다

김병조 _ 방송인, 조선대 초빙교수

우리는 흔히 알아들을 수 없는 말을 할 때 선문선답(禪問禪答)하듯 한다고 한다. 이 말은 그만큼 불교가 어렵고 이해하기 어려운 종교라는 뜻의 반증이기도 하다. 사실 많은 사람들이 불교가 너무 어렵고 현학적(衒學的)이고 불교에는 뜬구름 잡는 이야기가 많다고 말한다.

필자도 불자의 한 사람으로 그런 생각이 들 때가 한두 번이 아니었다. 좀 더 쉬울 수는 없을까? 피부에 와 닿듯 느낄 수는 없을까? 산중(山中) 언어가 아닌 시중(市中)의 언어로, 고어체(古語體)가 아닌 일상의 언어로, 남녀노소, 지식의 유무(有無), 지위의 고하(高下)를 막론하고 모든 이들이 이해하기 쉽게 설명하는 길은 없는 것일까?

그러나 이 어찌 반가운 일이 아니랴. 정토회에서 활동하는 딸아이의 소개로 귀한 법륜스님의 법문을 테이프와 법회를 통해 듣고, 특히 즉문즉설(卽問卽說)을 듣고 내 생각이 잘못 되었음을 알게 되었다.

'즉문즉설'이란 문자 그대로 즉석에서 묻고 즉석에서 답하는 형식이다. 우선 스님께서 법상(法床)에 오르시고 일갈(一喝) 하신다.

"무엇이든 물어라!"

그러면 쪽지를 통해, 육성을 통해 온갖 질문이 쏟아진다. 그런데 막상 질문이라는 것들을 들어 보면, '도가 무엇입니까?' '왜 삽니까?' 라는 본질적인 문제보다는 일상에서 일어나는 작은 것들이다. '남편이 변했습니다.' '직장에서 왕따를 당했습니다.' '아이가 말대꾸를 합니다.' 심지어 이성 문제까지도…….

마치 오랜만에 찾아오신 친정어머니께 딸이 하소연하듯 질문을 던진다. 그러다 보니 어떨 때는 '어쩌면 저런 문제까지도 바쁘신 스님께 물어 보는가?' 라고 말할 정도의 자질구레한 문제까지도 묻는다.

그러나 스님은 그 어떤 질문에도 차등을 두지 않으시고, 즉문즉설 그대로 일순(一瞬)의 막힘도 없이, 마치 그 질문을 기다리고 계셨다는 듯이 시원하고 명쾌한 답을 주신다. 그것도 쉬운 말로, 손에 잡힐 듯이, 눈에 보이듯이 설명해 주시고 깨우쳐 주신다. 때로는 질문자와 함께 마음 아파하시며, 때로는 할머니처럼 보듬어 주시며, 때로는 어린 아이처럼 웃으시며, 부드럽고 자상한 목소리로 자비의 법문을 주신다.

　필자의 일천(日淺)한 경험을 통해 느끼는 바이지만, 어렵게 가르치는 게 사실은 쉽다. 쉽게 가르치는 게 사실은 어려운 법이다.

　대지약우(大智若愚) 큰 지혜는 일견 어리석어 보이고, 대교약졸(大巧若拙) 큰 재주는 일견 치졸해 보이며, 대변약눌(大辯若訥) 큰 웅변은 일견 어눌해 보인다 하지 않았던가. 나는 이 명언을 스님의 법문을 통해 확인한다.

　더욱 즉문즉설이 주는 더 큰 가르침은, 질문하는 그 내용들이 질문자만의 문제가 아니라 내 문제로 와 닿는 데 있다. 질문은 옆 사람이 하는데 마치 내가 하는 느낌이요, 해답을 주시는 스님의 말씀이 내게 주시는 말씀으로 와 꽂힌다는 것이다. “맞아!” “아! 그렇구나.” “난 정말 행복한 사람이구나.” “그래 살 만한 가치가 있어.”

　스님은 말씀하신다. “모든 것은 나로부터 온다.” “상대를 위해 참회하고 기도하라.” “순간순간을 알아차려라.”

　한 말씀 한 말씀 들을 때마다 자신을 돌아보게 만들고, 살아 있음에 행복을 느끼게 만드는 스님의 법문.

　이러한 큰 스승이 우리 곁에 계시니 우리는 진정 복받은 사람들이다.

인생이 즐거움을 깨닫게 되다

백경임 _ 동국대 사범교육대학장, 한국불교상담학회장

나는 내 인생에서 불교를 만난 것을 가장 큰 행운으로 생각하고 있다. 어려서부터 불교의 품안에서 자랐으며, 대학 시절부터 불교단체에서 활동해 왔다. 그런 내 인생에서 법륜스님은, 2500여 년 전의 부처님의 가르침이 지금 내 삶에서 빛을 발하도록 해주신다는 점에서, 특별하신 분이다. 부처님이 존경과 신앙의 대상에만 머무르지 않고, 부처님의 가르침이 내가 안고 있는 문제에 적용되어 그 문제가 해결되는 기쁨을 알게 해 주셨다.

스님께서는 즉문즉설에서 우리의 마음을 훤히 비추어 그 얽힌 문제의 고리를 정확히 찾아 주신다. 그래서 나를 괴롭히는 문제가 왜 상대방 때문이 아니고 '내 마음이 문제'인지를, 또 상대방의 행동에 '내가 왜 괴로운지' 원인을 알아차리게 하신다.

우리는 누구나 자신의 약점에 직면하면 두렵고, 그 상황을 회피하고 싶어한다. 또 문제의 원인이 나에게 있음을 인정하는 것은 억울하게 느낀다. 그러나 스님의 가르침대로 내가 지금 괴로워하고 있는 그 일이 인과법의 결과임을 받아들이게 되면, 갈 길이 멀어도 해결의 희망을 갖게 된다. 그럼 마음이 가벼워진다. 그래서 기꺼이 수행과 정진을 일상에서 받아들여 기도하는 삶을 살게 된다. 업을 거스르는 정진의 시간이 괴롭고 힘들어도 정진 후에 내 마음이 조금은 더 편안해지고 자유로워지는 변화를 실감하게 되면, 공부를 싫어하던 아이가 공부에 재미를 붙이듯이 수행을 즐기게 되고, 삶은 긍정적으로 바뀌게 된다.

인생의 황혼녘에 돌아갈 길이 바빠도 이 법문을 지니고 있다는 것은 얼마나 다행인가!

세세생생 끌고 온 이 업을 바꿀 수 있다면 얼마나 큰 기적인가!

참으로 감사한 일이다.

삶에서 살아나는 부처님의 가르침

김용주 _ 변호사

변호사라는 직업의 특성상 나는 많은 사람들을 만난다.

대부분의 경우, 사람들은 법적인 해결방법을 찾고자 나를 찾아오는데 이야기를 나누다 보면 법적인 해결방법이 최선의 방법이 아니라고 생각되는 경우도 있다. 이러한 때에 나는 좀 다른 조언을 한다.

남편이 바람을 피워 못살겠다면서 이혼소송을 해 달라는 분에게는 법륜스님의 '즉문즉설' 책을 권하기도 하고, 돈을 못 받아 괴로워하면서 돈을 받아 달라고 찾아오시는 분에게는 법륜스님의 법문 테이프를 권하기도 한다.

굳이 소송을 하겠다는 의뢰인들에게 법륜스님의 책과 테이프를 권하는 것은 나 또한 법륜스님의 법문을 통하여 삶 속에서 일어나는 많은 고민들을 해결할 수 있었고, 자유로운 삶, 행복한 삶을 살 수 있는 방법을 깨달았기 때문이다.

대부분의 의뢰인들은 지금 자신이 겪고 있는 문제에 화가 나고 감정이 앞선 가운데 합리적인 해결방법을 찾지 못하게 되는데 법륜스님은 '모든 것은 나로부터 시작된 것'이며 가장 중요한 것은 '내가 지금 행복해지는 것'이라는 가르침을 주신다.

나의 권유를 받아들인 의뢰인들이 한결 편안한 마음으로 자신의 문제를 되돌아보고 스스로 자신의 문제를 해결해 가는 모습을 바라보노라면 올바른 가르침이란 것이 얼마나 중요한지를 절절히 느끼게 된다.

이제 스님께서 하신 즉문즉설 법회의 내용이 책과 CD로 발간된다니 반가운 일이고, 이를 통하여 많은 사람들이 '지금 여기, 있는 그대로' 행복할 수 있는 방법을 알아가기를 간절히 바란다.